AMUSEMENS

LITTÉRAIRES,

OU

MÉLANGES

DE PIECES FUGITIVES,

EN VERS ET EN PROSE.

Par M. F. MARIE BOURGUIGNON,
de Saintes.

Non injuſſa cano.

Virgil.

A LONDRES.

Et ſe trouve à Paris chez les Marchands de Nouveautés.

M. DCC. LXXVIII.

A MONSIEUR

LE MARQUIS

DE B.... D....

MONSIEUR,

CE n'est point à l'homme de qualité, c'est au compagnon de mes travaux, c'est à mon ami que j'offre les prémices de ma Muse : vous avez suivi le dévelopement de mes foibles talens, votre goût, sûr & délicat, m'a plus d'une fois éclairé sur des négligences de style ; je vous dois cette mole facilité, ces nuances de sentiment, qui font le principal mérite de mes Poésies, à ces titres, le tribut vous en appartient, & vous ne pouvez le refuser.

Qu'un autre, fier de sa bassesse, entoure de
fleurs l'idole de la grandeur, qu'il déifie
dans ses vers l'orgueilleuse opulence, je ne
porte point envie à son bonheur ; mon hommage est simple & vrai, le sentiment m'en
fait un plaisir, la reconnoissance une loi,
l'amitié m'en assurera le prix. J'ai l'honneur
d'être avec le plus parfait dévoûment,

MONSIEUR,

Votre très-humble & très-
obéissant Serviteur,
BOURGUIGNON.

LE REGNE
DES VERTUS,
OU L'AVENEMENT
DE LOUIS XVI AU TRONE,

ODE.

Redeunt Saturnia regna.

Virgil.

OU m'entraîne un essor rapide ?
Quel feu s'empare de mes sens ?
Un Dieu dans mon ame timide,
Fait-il retentir ses accens ?
Je sens Apollon qui m'inspire,
Le soufle brûlant du délire,
Échauffe, égare mes esprits ;

Ma lyre au vrai feul confacrée,
Chante la fageffe adorée
Sous les traits naiffans de LOUIS.

QUE vois-je ? d'une aîle légere,
Les vertus defcendent des Cieux,
La foi, la piété fincere,
Sur leurs pas attirent mes yeux :
Balançant l'invincible égide,
La fage Minerve les guide,
Et trace un fillon lumineux ;
Tout l'annonce, & déjà les crimes
Rentrent dans les fombres abîmes,
Que l'Éternel creufa pour eux.

O toi fi l'ong-temps ignorée,
Par l'aveuglement des mortels,
Reparois adorable Aftrée,
La France t'offre des autels ;
Un Monarque ennemi du vice,
Sur fon Trône avec la juftice,
Place l'augufte vérité ;
La vertu jadis chancelante,
Leve fa tête triomphante,
Et marche avec fécurité.

EN vain la mort inexorable,
Fiere du pouvoir de fes loix,
D'un coup de fa faux redoutable,

A frappé le plus grand de Rois :
Un autre succede à l'empire,
Le peuple le voit & l'admire ;
L'immortel lui ceint le bandeau ;
Ainsi renaissant de sa cendre,
Le Phénix en paix va descendre
Dans l'affreuse nuit du tombeau.

QUEL regne heurex, quelles prémices
De l'avenir le plus flatteur !
Prince chéri, les Dieux propices
T'ont créé pour notre bonheur ;
Le premier trait de ta puissance,
Est marqué par la bienfaisance,
Tu te dépouilles de tes droits ;
Effort d'une ame magnanime,
Effort généreux & sublime,
Digne de la grandeur des Rois.

VOIS le Français dans son ivresse,
Vanter hautement son bonheur ;
Ces clameurs, ces chants d'allégresse,
Prennent leur source dans le cœur ;
Sous les aîles de la sagesse,
Poursuis, exerce ta jeunesse
Dans la carriere des vertus,
Aux yeux d'un peuple qui t'adore,
Surpasse, à peine à ton aurore,
Et les Trajans & les Titus.

ET toi Compagne inséparable,
Du nouveau Pere des Français,
Avec lui Princesse adorable,
Jouis du cœur de ses Sujets ;
Déesse de la bienfaifance,
Tu chasses l'affreuse indigence
Des cabanes des malheureux ;
En présidant à ta naissance,
Le Ciel signala sa puissance,
Tes vertus font honneur aux Dieux.

TENDRE amour, aimable hymenée,
Unissez-vous rivaux heureux ;
Filez la trame fortunée
Des jours d'un couple vertueux ;
Témoins de sa flamme fidelle,
Dans une guirlande nouvelle,
Enlacez les myrtes aux lis,
Muse, sur ta lyre dorée,
Célebre l'union sacrée
Et d'ANTOINETTE & de LOUIS.

É P I T R E

Présentée à Mgr. LE COMTE D'ARTOIS,
à son passage à Rochefort en Aunis,

O vous qui partagez vos jours
Entre les arts & la tendresse,
Prince charmant, dont la jeunesse
Unit aux fruits de la sagesse,
Les brillantes fleurs des amours;
Souffrez qu'une Muse timide,
Idolâtre de la vertu,
Du pur sentiment qui la guide,
Vous offre l'hommage ingénu.
Du faste qui vous environne,
Dépouillez l'éclat imposant,
Laissez-moi voir aux pieds du Trône
Un jeune Héros bienfaisant,
Recevoir la double couronne
Et de la gloire & du talent;
Quand c'est la vertu qui la donne,
Une palme est un beau présent!
Suivez la route glorieuse,
Que vous ouvre l'humanité,
Près de la simple vérité,

Au bout de la carriere heureuſe
Vous verrez l'immortalité.
Dans le temple de la victoire,
Les chaſtes filles de mémoire
Gravent les noms de vos ayeux ;
Auſſi grand qu'eux par la naiſſance,
Vous ſerez par la bienfaiſance,
L'amour de nos derniers neveux.
Volez, diſſipez les nuages
Accumulés par le malheur,
Et que l'époque du bonheur
Signale à jamais vos voyages ;
Jadis en ces heureux climats,
Où vous amenez ſur vos pas,
Le goût des arts, de la ſageſſe,
Et les plaiſirs & l'allégreſſe.
Les lâches tyrans des Romains
Parcouroient leurs triſtes Provinces,
Et ne portoient le nom de Princes,
Que pour le malheur des humains ;
Mais changeant ces ſcenes cruelles
En des jours plus purs, plus ſereins,
Les Trajans & les Marc-Aureles,
A l'amour des vertus fideles,
Du monde fixoient les deſtins ;
Ces hommes, Dieux par la clémence,
Briſoient l'Autel de la vengeance,
Et s'en préparoient par leurs mains.

Ah ! c'eſt dans ces ames ſublimes,
Que vous puiſâtes les maximes
Qui vous font aimer des Français ;
Sage ſans ſoins & ſans étude,
Votre cœur acquit l'habitude
De perpétuer ſes bienfaits :
Voyez cette foule empreſſée,
Par l'élan de l'amour pouſſée,
Se précipiter ſur vos pas ;
De ce zele patriotique,
L'impulſion trop énergique
Se ſent, & ne s'exprime pas.
Que des Conquérans homicides
Auprès des cadavres livides,
Arrachent un laurier ſanglant ;
De cet avantage éphémere
L'illuſion eſt paſſagere,
Et ne vaut pas un ſentiment.
Plus heureux, & moins ſanguinaire,
Fuiez ce théatre d'horreurs,
Laiſſez au Héros mercénaire
L'exercice de ces fureurs,
Que vous importe une couronne,
Et la pompe qui l'environne ?
Votre empire eſt dans notre cœur.
Tendre la main à l'innocence,
Exiſter par ſa bienfaiſance,
Etre aimé, c'eſt-là le bonheur.

VERS

A Sa Majefté Impériale, JOSEPH II, Roi des Romains, voyageant fous le nom de Comte de Fulckeinftein.

SOUS quelqu'afpect que l'on vous
   confidere,
FALCKEINSTEIN, ou JOSEPH : (noms
   chers au fentiment,)
   Vous méritiez également,
Et le refpect, & l'amour de la terre;
Sous un titre emprunté, l'un fimple &
   bienfaifant,
Aimé par-tout, & toujours fûr de plaire,
Fait des heureux en voyageant,
Reçoit l'hommage attendriffant
Et les vœux de la France entiere;
L'autre, jeune Héros, des Germains eft
   le pere....
Mais pourquoi fe cacher ? l'éclat de la
   vertu
Fait aifément foupçonner l'origine,
Le Frere d'ANTOINETTE eft bientôt
   reconnu,
Le cœur des Français le devine.

DISTIQUE LATIN,

Pour mettre au bas de la Statue pédestre de Louis XVI, élevée sur la facade de la Bourse, à Saintes.

Saxea, sub calo, Regis spectatur imago;
Altius at nostro pectore viva manet

DISTIQUE FRANÇAIS

Sur le même sujet.

D'un Monarque adoré l'art esquisse les traits,

L'amour seul l'a gravé dans le cœur des Français.

ODE

A MONSIEUR LE BARON

DE MONTMORENCY,

Lieutenant - général des armées du Roi,
Chevalier de ses Ordres ; Chevalier
d'honneur de Madame Adelaïde, &
Commandant en chef en Aunis, Poitou
& Saintonge.

QUELLE est cette auguste immortelle
Qui s'offre à mon cœur agité ?
A l'éclat dont elle étincelle,
Je reconnois la vérité.
Fille du Ciel, viens dans mes rimes
Répandre tes clartés sublimes,
Fais y briller des traits heureux ;
De ton influence sacrée,
Je vois mon ame pénétrée,
Voler avec toi dans les Cieux.

OUVRONS les fastes de l'histoire,
Évoquons ces Manes guerriers,
Sur qui les filles de mémoire

Suſpendent d'immortels lauriers
Auprès de l'intrépide Eugene,
Et de Villars, & de Turenne,
La victoire conduit Tingri ; (1)
Et ſous de ſomptueux portiques,
Grave les chiffres héroiques
Et les noms des Montmorency.

JEUNE Guerrier, quel fier courage
Te porte au milieu des combats,
La valeur dévançant ton âge,
Te fait affronter le trépas ;
Vainqueur des Dragons d'Herbeville (2)
Dans la citadelle de Lille
Tu médites des coups hardis ; (3)
Redoutable dans la défaite,
Par une honorable retraite
Tu ſoutiens la gloire des Lis (4).

---

(1) Chriſtan-Louis de Montmorency, Prince de Tingri, Comte ſouverain de Luxe, &c....

(2) Il ſe trouva à la priſe du poſte de Bondanella, en Italie, & battit le Régiment Impérial des Dragons d'Herbeville.

(3) La ville de Lille s'étant rendue, il ſe retira dans la Citadelle, fit une ſortie ſur les aſſiégeans, & leur tua plus de 800 hommes, ſans compter les bleſſés.

(4) Après la perte de la Bataille de Malplaquet, il commanda l'arriere-garde de l'armée Françaiſe.

QUEL eſt celui que Mars couronne ?
C'eſt l'intrépide Luxembourg, (1)
Que de lauriers ſon bras moiſſonne,
Devant Manheim (2) & Philisbourg ;
Par-tout vainqueur, à Mons, (3) à Leuſe,
Des flots mutinés de la Meuſe, (4)
Sa valeur brave les aſſauts ;
A Rouen, ſage politique,
Il calme une émeute publique ; (5)
Toujours homme, toujours Héros.

REJETON d'une illuſtre race,
Le jeune & bouillant Châtillon, (6)
Par une généreuſe audace,
Releve l'éclat de ſon nom :
Mais dans le ſein de la victoire,
Et ſous l'égide de la gloire,

Le

---

(1) Charles Frédéric de Montmorency, Duc de Luxembourg.

(2) Il ſervit au ſiége de Manheim & de Philisbourg.

(3) Il ſe trouva au ſiége de Mons & au combat de Leuſe.

(4) Il fut de la fameuſe marche de la Meuſe à l'Eſcault.

(5) Le Roi l'envoya à Rouen en 1709, où il y appaiſa une ſédition.

(6) Paul Sigiſmond de Montmorency-Luxembourg, Duc de Châtillon ; &c. . . . .

Le fer atteint ſes pas hardis ;
Par une bleſſure imprévue, (1)
La foudre reſte ſuſpendue
Sur la tête des ennemis.

PARAISSEZ Ombres généreuſes,
Du tombeau percez les horreurs ;
Que ſur vos cendres précieuſes
Mes jeunes mains ſément des fleurs !
Si la gloire vous touche encore,
Dans vos neveux voyez éclorre,
Le germe ſacré des vertus ;
Leur valeur prompte & réfléchie,
Promet d'avance à la Patrie,
Les Défenſeurs qu'elle a perdus.

VOYEZ ce Héros que Bellone
Entraîne au milieu des haſards,
En vain la bombe éclate & tonne,
L'aſſurance eſt dans ſes regards ;
Tout annonce que ſon courage,
Va faire paſſer d'âge en âge,
Le grand nom des Montmorencis ;
En lui vous voyez-votre image,
Et la Croix qu'il porte eſt un gage,
De la Juſtice de Louis.

____

(1) Il fut dangereuſement bleſſé à la jambe, à la
bataille de Nerwinde, ce qui le mit hors d'état de
continuer le ſervice.

B

Mortel cher à notre mémoire,
Tendre ami de l'humanité,
Tu joins aux palmes de la gloire,
Les palmes de la piété :
En toi les bons trouvent un pere,
Les méchans un juge sévere,
Les malheureux un défenseur ;
Ainsi, l'amour de l'Italie,
Titus faisoit à sa patrie
Sentir l'ivresse du Bonheur.

QUATRAIN.

Avec aigreur vous chassez de vos traces,
Les jeux badins, les amours & les ris,
Et vous ne retenez, Zelis,
Que les vertus & les graces.

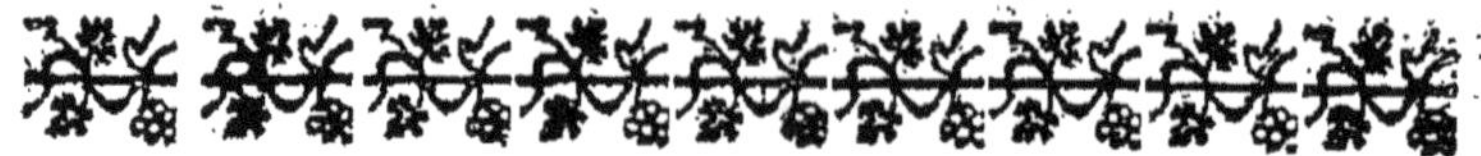

LE PRINTEMPS,
ODE ANACRÉONTIQUE
A GLYCERE.

AIR : *Mon jeune cœur palpite.*

LE Ciel est sans nuage,
De son char radieux,
Phébus sur notre plage
Lance de tendres feux,
Tout rit dans la nature,
On voit naître les fleurs;
Et joindre à la verdure
L'éclat de leurs couleurs.

LES humides Naïades,
Sortent du sein des eaux,
Les légeres Driades
Dansent sous des ormeaux;
Le folâtre zéphire,
Agitant les bosquets,
Invite le Satyre
A sortir des forêts.

B ij

LA tendre Philomele,
Aux échos d'alentour,
De la saison nouvelle
Annonce le retour;
Le papillon volage,
Promene ses erreurs;
Et porte son hommage,
A la Reine des fleurs.

DOUCEMENT inclinée
Sur l'aîle des zéphirs,
La belle Dionée,
Caresse les plaisirs;
L'amour dans un nuage,
Fait briller son carquois,
Malheur au cœur sauvage,
Qui méprise ses Loix.

O toi, jeune Glycere,
Daigne écouter mes chants !
De ma muse légere,
Ranime les accens;
Mes vers font un hommage
A tes jeunes attraits,
Donne leur ton suffrage,
Je suis sûr du succès.

MADRIGAL.

QUEL caprice, jeune Égerie,
Pourquoi t'échapper de mes bras?
Sur l'émail de cette prairie,
Laisse reposer tes appas :
En vain, d'une fierté farouche
Ta pudeur veut-elle s'armer,
Je lis, sur ta riante bouche,
» Ce n'est point un crime d'aimer ».

ÉPITRE

A UN AMI,

Qui, dans un Épithalame, peint Hortense
sous les traits d'une Bergere.

Macte animo, generose puer, sic itur ad Astra.
Virg.

Aimable éleve de Thalie,
O toi, qui sais sur tous les tons,
Monter ton flexible génie,
Et mettre à profit les leçons
Du Chantre divin d'Ausonie !
A peine, au printemps de tes jours,
Dans l'âge charmant des amours,
Astre nouveau de ta Patrie,
Sur tes vers tu fixes les yeux
Et la carriere de ta vie,
Par le Dieu du Pinde embellie,
Annonce un avenir heureux.
Ainsi l'Amante de Cephale,
Sur le trône frais du matin,
Déployant l'éclatante opale,
Annonce un jour pur & serein.

En vain la sombre jaloufie
Veut t'effrayer par ses clameurs,
Du soufle de ton ennemie,
Ta gloire n'est point obscurcie,
Tu triomphe de ses fureurs.
Ta mufe folâtre & légere,
Fafcinant mes yeux éblouis ;
Sous le corfet d'une Bergere,
M'offre la taille de Cypris ;
Que de graces tu fais éclôre,
Sous ton pinceau voluptueux :.
Hortenfe paroît, & l'aurore
Cache fous un ciel nébuleux (1)
L'affreux dépit qui la dévore ;
Pour Hortenfe l'amant de Flore,
De la rofe trahit les vœux ;
Et l'aftre du jour amoureux,
Sur cette Nymphe qu'il adore (2)
Laiffe échapper les plus doux feux (3).
Ah ! crains, que nouveau Prométhée,
Epris de tes naiffans rayons,
Dans ma courfe précipitée
Je ne dérobe tes crayons ;

---

(1) Le matin du jour du mariage d'Hortenfe le Ciel
fut obfcurci par des nuages.
(2) Nymphe, en Grece, veut dire époufée.
(3) A midi le foleil éclaira l'horizon.

Mais las ! ma muſe dépitée
Ne peut qu'applaudir à tes ſons.
Amant chéri de l'harmonie,
Les bois ſacrés de Béotie,
A tes chants ſont toujours ouverts ;
A toi ſeul, l'aimable Euphroſine
Prête ſa ceinture divine,
Et les Muſes dictent des vers.
Apollon même, qui t'inſpire,
Aux accords touchans de ta lyre
Mêle ſes ſublimes accens ;
Dans la guirlande qu'il te treſſe,
Il joint aux lauriers du Permeſſe,
La palme heureuſe des talens.

E N V O I.

PERMETS ami qu'à ta couronne
Ma main entrelace une fleur,
C'eſt l'amitié qui te la donne,
L'hommage convient à ton cœur.

VERS

*A Mademoiselle ***. en lui préſentant la Jéruſalem délivrée, du Taſſe.*

Puisse le ſort d'Herminie en allarmes,
Arracher à vos yeux de précieuſes larmes!
Sur ce ſein enchanteur, aſyle des deſirs,
Le cyprès peut s'unir aux roſes des
    plaiſirs,
O Dieux! que n'êtes-vous la Princeſſe
    fidelle?
Vous avez ſes attraits, il vous manque
    ſon cœur;
L'amour qui vous forma, devoit pour
    ſon honneur
Vous former d'après le modele.

ÉPITRE

A CLÉMENTINE.

Enfin l'hymen vous tient ſous ſa
    tutelle,
Ce Dieu bizarre eſt jaloux de ſes droits,

Chaſſant des ris la bruiante ſequelle,
Met les plaiſirs & leur ſuite aux abois.
Ja de Vénus les compagnes fidelles,
Loin de ces lieux , fuiant à tire d'aîles,
Quittent vos pas pour la premiere fois.
Dans les Etats de dame Dionée
Oncques ne vis un pareil déſarroi ;
Le pauvre amour , la tête embéguinée ,
Tout morfondu dans un coin ſe tient coi ;
Mais rappellés par votre aimable voix ,
Et trop heureux de briller ſur vos traces,
Les jeux badins, les plaiſirs & les graces
Viennent ſoudain vous demander des
    loix.
Les voilà tous empreſſés à vous plaire ,
L'un dérobant la ceinture à ſa mere ,
En ſouriant en orne vos appas ;
L'autre , en couvrant ces membres dé-
    licats,
Du riche éclat d'une pompe étrangere ,
Sans s'en douter ſoupire dans vos bras,
L'enfant malin applaudit à leur zele ,
Et promenant un regard libertin ,
Sur les tréſors que la gaze recelle ,
Malignement il oſe , d'un coup d'aîle ,
Toucher aux fruits qu'empriſonne le lin.
Lors euſſiez vu les graces ingénues ,
Couvrir des mains ces beautés demi-nues;

Et dérober à d'avides regards ,
Maints agrémens que l'avare nature,
Voulut cacher , confusément éparts,
Sous des rubans placés à l'aventure.
Sur votre front , siége de la candeur,
De la décence & de la retenue,
Aux lis naissans, la timide pudeur
Vint imprimer sa modeste rougeur,
Et par dégrés cette cause inconnue,
En traits de feu pénétra jusqu'au cœur.
Soudain le Dieu, qui préside au mystere,
Veut écarter de ces paisibles lieux,
L'essaim bruiant des enfans de Cythere ;
Mais d'un souris désarmant sa colere,
Les-doux plaisirs l'entraînent dans leurs
    jeux.
Lors , pour toujours , exempt de ja-
    lousie ,
L'aimable hymen , le redoutable enfant,
Entrelacés dans un groupe charmant,
Serrent les nœuds d'une chaîne chérie ;
Sur un nuage assise , mollement ,
La jeune Hébé , le sein paré de roses
Fraîches comme elle , avec l'aurore
    écloses ,
De myrthes verds couronne votre amant ;
Heureux mortel , las , je te porte envie !
Puissent , tes ans comptés par les amours,

Sous le ciseau de la parque ennemie,
N'être jamais arrêtés dans leur cours !
Puisse, dans peu, l'épouse la plus chere,
Avec orgueil, portant le nom de mere,
Donner un fils à tes soins assidus ;
Puisse ce fils, en ouvrant la paupiere,
Faire entrevoir, sous des ris ingénus,
Tes traits, ton ame & sur-tout tes vertus.

ÉPITAPHE

De l'Auteur des Epitaphes d'un genre nouveau, &c.

CI-GIT certain Rimeur, qui voulant tout occire,

Fit mourir ses Lecteurs de l'ennui de le lire,

LA FUITE DE L'AMOUR

A GLYCERE.

JE volais au-devant des chaînes,
Qui devoient m'unir aux plaisirs ;
Pour me préparer plus de peines,
L'amour fuyant au bruit de mes soupirs.

Je le pourfuis dans les bras de Glycere,
L'enfant malin s'étoit précipité ;
J'arrive auprès de la Bergere,
Sur les pas de la volupté :
J'éprouve , en la voyant , une ardeur
 inconnue,
La flamme du plaifir fait petiller mes
 fens,
Elle rougit , la pudeur ingénue
Colore fes charmes naiffans ;
Sa Bouche , image de la rofe,
S'épanouit au foufle du defir.
Ah ! dis-je , en pouffant un foupir,
C'eft-là , c'eft-là qu'amour repofe,
Glycere me le fait fentir ;
Ce foupir me brûle & m'éclaire,
Le Dieu fourit de mon erreur,
Je le cherchais près de Glycere,
Il étoit déjà dans mon cœur.

CHANSON

Adressée aux Dames de Jonsac.

AIR : *Trop de pétulance gâte tout.*

JONSAC l'emporte fur Cythere,
C'eſt le temple ouvert des plaiſirs,
Des amours l'haleine légere,
Y fait éclôre les deſirs :
Mars (1) ici careſſant les Graces,
Loin de la guerre & des haſards,
　　Fixe ſur ſes traces,
　　Lés beaux Arts.

De ces boſquets, Nymphes brillantes,
Vous ennivrez l'ame & les yeux ;
Senſibles, jeunes, féduiſantes,
Qui vous voit ne peut qu'être heureux :
Ici, c'eſt l'auſtere décence,
Qui fourit à la volupté ;
　　Là c'eſt l'innocence
　　Et la gaité.

---

(1) M. le Comte de Jonſac.

[31]
Du bonheur la vivante image,
Tient mon cœur dans l'enchantement ;
Eglé paroît sous ce feuillage,
Hilas la voit, il est amant ;
Echappé du sein de Thémire,
Un brûlant soupir se fait jour,
Il peint le délire
De l'amour.

Pardonnez, aimables Bergeres,
Si sous de riantes couleurs,
Ma muse en ses rimes légeres
Trace vos plaisirs & vos mœurs ;
J'ai vu vos cœurs sans imposture,
De l'art dédaignant les apprêts,
J'ai peint la nature
Sous vos traits.

VERS

A Madame........ en lui envoyant des Vers.

Vous qui fixez sur vos brillantes
traces
Les arts, les talens réunis ;
Daignez sourire à mes écrits,
Vous y ferez naître les graces.

VERS

Présentés par une jeune Penſionnaire, à Mde. Victoire, Religieuſe de .... le jour de ſa fête.

Qui pourra célébrer Victoire ?
Combien d'éloges lui ſont dus ?
Son nom ſur l'aîle des vertus,
S'éleve au trône de la gloire.
Et nous, atomes orgueilleux,
Du limon de notre humble ſphere,
Vers le centre de la lumière
Nous portons un œil curieux ;
Mais qui peut percer la barriere
De l'empire des bien-heureux ?
Plus ſages, cherchons ſur la terre,
L'image vivante des mœurs,
Et la cliente de Victoire,
Où la trouver ? dans vous ; mon cœur
   me le fait croire.
Qui mieux que vous, dans ce ſiécle
   d'erreur,
Peut ſe parer de ce nom reſpectable ;
Dans l'entretien, pieuſe autant qu'ai-
   mable,

Vous

Vous entraînez le don de tous les cœurs.
Du mien je vous offre l'hommage,
Daignez y lire mes respects;
S'il est pur, il est votre ouvrage,
Ses sentimens sont vos bienfaits.
Grand Dieu ma foible voix t'implore,
De ses ans prolonge le cours,
Et fais renaître une nouvelle aurore,
Du crépuscule de ses jours.
La séduisante flatterie
Ne m'a point dicté ces souhaits;
Amitié, don du Ciel, dans mon ame attendrie,
Ta chaste main grava ces traits:
Dans les ténébres de l'enfance,
Mon cœur s'ouvrit à tes attraits,
Dans ce cœur la reconnoissance
Y place Victoire à jamais.

VERS

A Idamé, en lui donnant un oiseau dans un bal.

Ce jeune oiseau, volatile éventé;
Qui promenoit de bocage en bocage
Et son amour & sa légéreté;

C

Surpris dans fa courfe volage,
Va perdre auprès de vous fa chere liberté;
Mais en revanche il fera careffé ,
Dorloté , bercé , bien panfé :
Un fin linnon lui fervira de cage,
Et dans vos mains vous le tiendrez preffé :
Déjà Damis en foupire , je gage ,
Ne le blamez pas , entre nous ,
Le fort de l'oifelet doit faire des jaloux ;
Eh ! qui n'aimeroit pas un pareil efcla-
    vage ?

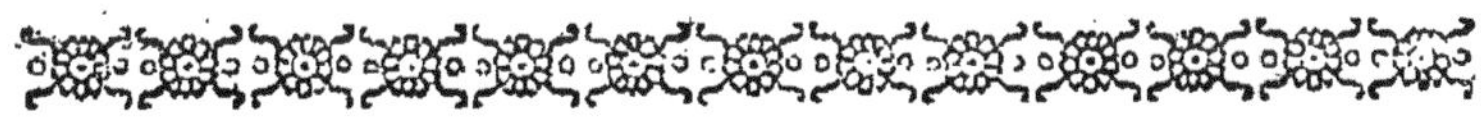

VERS

A Madame De * * *

Des Dieux la troupe bienfaifante ,
Belle Aglaé vous combla de fes dons ;
Vénus traça cette bouche charmante ,
Erato modula (1) vos fons :
Rivaux unis, les plaifirs & les graces,

---

(1) J'ai formé ce mot fur celui de *modulation*, qui eft la maniere de chanter avec goût, précifion & mefure ; fi je me fuis égaré, c'eft fur les traces d'Horace, le plus grand Maître de l'antiquité dans l'art de donner des préceptes....... *Licuit femperque licebit , fignatum præfente nota producere nomen.* Horat. art. Poet.

Vinrent careffer tant d'attraits ;
Amour, le tendre Amour, foupirant
    fur vos traces, .
Ne vit, n'aima que vous, & brifa tous
    fes traits.

ÉPIGRAMME.

SAVEZ-vous pourquoi la nature,
Dans un iftant de fa mauvaife humeur,
Fit à Damon préfent de la laideur ?
C'eft qu'elle crut que la figure,
Des travers de l'efprit & des vices du
    cœur,
Seroit la fidelle peinture.

C ij

EPITAPHE

De M. SAUVEUR MAURAND, de l'Académie de Chirurgie, de la Société de Londres, &c. & ancien Chirurgien Major des Invalides.

CI-GIT celui dont le vaste genie
Éclaira Londres & Paris;
La parque en vain l'enleve à la Patrie,
Il revivra dans ses Écrits.

LE PORTRAIT DE ROSETTE,

ODE ANACRÉONTIQUE (1).

AIR : *Charmantes fleurs quittez les prés de Flore.*

DIEU des amours accorde ma musette,
Viens me préter les plus tendres accens ;

____

(1) Cette Piece vient d'être mise en musique, avec accompagnement du Clavecin ou Forte-piano, & des variations ; elle se vend à Paris, aux adresses ordinaires de musique.

Inspire-moi, je vais chanter Rosette,
Je vais l'orner des roses du printemps.

Dans ses beaux yeux établis ton empire,
Fais-y briller un rayon de tes feux ;
Blesse son cœur, qu'il brûle, qu'il soupire,
Rosette alors enflammera les Dieux.

Paré des mains de la simple nature,
Son jeune cœur ignore les desirs,
L'éclat trompeur d'une riche parure
Ne trouble point ses innocens plaisirs.

Souris Amour, souris à ton image,
Rosette est belle, & suffit à mon cœur ;
En traits de feu, peins-lui mon tendre
    hommage,
Peins - lui mon ame, & je touche au
    bonheur.

A ISSÉ, *qui fait joliment des Vers.*

PLAIRE sans art, & cacher ses attraits,
Faire de jolis vers, & par sa modestie,
Étouffer les cris de l'envie,
C'est ton portrait, reconois-y tes traits.

ÉTRENNES A HORTENSE.

AIR : *Votre Patrone.*

POUR vos étrennes,
Jeune Hortenfe que voulez-vous ?
Orgueilleux de porter vos chaînes,
Je vais me donner tout à vous,
    Pour vos étrennes.

Mon tendre hommage,
Eft bien digne de vos attraits ;
D'amour que n'ai-je le langage ?
Que ne puis-je offrir fous fes traits
    Mon tendre hommage.

A la tendreffe
Tout doit fon être & fon bonheur
Dans l'âge heureux de la jeuneffe ;
Aimez, & livrez votre cœur
    A la tendreffe.

Une Déeffe
A droit à l'encens des mortels ;
Cedez à l'ardeur qui me preffe,
J'adore aux pieds de vos autels
    Une Déeffe.

Belle Cyprine,
Pour elle reçois tous mes vœux,
Prête-lui l'écharpe divine,
Qui te fait adorer des Dieux,
Belle Cyprine.

ENVOI.

Pour mes étrennes,
Jeune Hortense faites des frais,
Je ne veux pas perdre mes peines
Daignez sourire à ces couplets,
Pour mes étrennes.

VERS

A Mademoiselle Sophie, *de B...*

Loin des ténébres de l'enfance,
Et du murmure des soupirs,
Dans les jeux de l'adolescence
Vous cherchez d'innocens plaisirs :
Dans l'âge de la pétulance,
Et des enfantines erreurs ;

Vous faites briller la décence,
Je dis plus, vous avez des mœurs :
Ce rang menacé de l'orage,
Cet amas de titres pompeux,
Que de respectables ayeux
Vous ont transmis par héritage,
Valent-ils les dons précieux,
Et les richesses du bel âge ?
Non, non, vous ne devez qu'à vous,
Ce caractere aimable & doux,
Et toutes les vertus d'usage,
C'est-là le plus bel appanage,
Et le seul dont je sois jaloux.

ÉNIGME.

Avec un seul pied je suis stable,
Je porte sur le front un signe respectable;
Mes bras, coureurs aériens,
Volent sous la voute étherée,
Le souffle orageux de Borée,
A son gré tourne mes destins;
Je ne suis jamais à la ville,
J'aime les monts, & je fuis les forêts,
Et quoique je sois fort utile,
On me revêt toujours d'une étoffe assez
    vile;

Mais qui suffit à mes vœux satisfaits :
Mes esclaves, ou me valets,
Sont pourvus de longues oreilles ;
Si vous en avez de pareilles,
Vous ne devinerez jamais (1).

*IMPROMPTU à une Dame qui refusoit
les louanges.*

Pourquoi refuser mon hommage,
Il ne sauroit vous irriter,
L'encens est pour les Dieux, & je puis
    vous chanter,
Puisque vous êtes leur image ?

***

(1) Le mot de l'énigme se trouve à la fin de ce
Recueil.

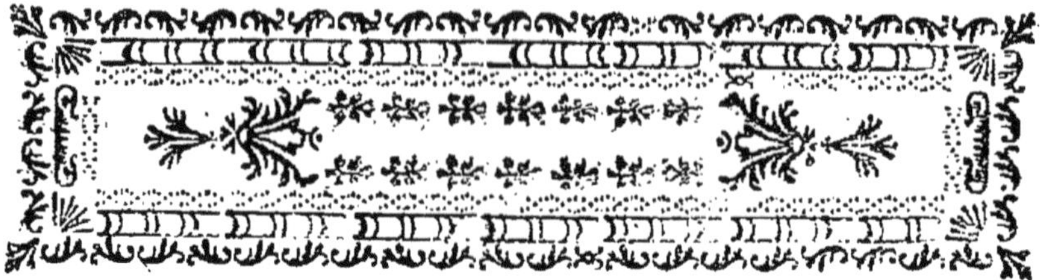

OBSERVATIONS

SUR

LES EFFETS DU TONNERRE,

Et sur les moyens les plus efficaces qu'on peut employer pour s'en garentir.

ON parle tous les jours des effets du Tonnerre ; il n'est point de gazettes & de Journaux qui ne rapportent les accidens les plus bizâres & les plus fâcheux, occasionnés par ce terrible Météore , & personne ne s'occupe des moyens d'en garentir l'humanité ; les Journalistes se contentent de rapporter les faits, sans proposer de préservatifs ; cependant, au moindre soupçon de tonnerre, la terreur glace le cœur du Peuple. Le Physicien, tranquille dans son cabinet , voit , sans changer de couleur , le nuage gronder sur sa tête ; mais les

Phyſiciens ne font que la plus petite portion du Peuple, & c'eſt la plus grande partie, ſi intéreſſante par ſes travaux & ſon inexpérience même, qu'il faut arracher à l'effroi, en lui ouvrant les tréſors de la Phyſique ; un motif auſſi noble me porte à faire paſſer au Public mes réflexions, fondées ſur des notions vraies, inconteſtables, & appuyées par l'expérience.

L'analogie qui ſe trouve entre le Tonnerre & l'électricité, confirmée par la fameuſe expérience de M. FRANKLIN, annoncée dans la gazete de France, du 27 Mai 1752, a porté un grand jour dans la Phyſique. Avant cette découverte on n'avoit pu expliquer les phénomenes du Tonnerre, d'une maniere ſatisfaiſante. Le célebre Abbé NOLLET, ce Savant, qui honora l'humanité, & dont la perte coûte encore des pleurs aux Amateurs des ſciences, oſa le premier ſoupçonner que la matiere électrique fût la même que celle du Tonnerre ; d'autres, dans la ſuite, le prouverent par des expériences : & celle de M. FRANKLIN fut répétée pluſieurs fois avec les plus grands ſuccès.

Il faut, d'abord, savoir qu'il y a des nuages qui sont électriques (1), & d'au- Diction-
naire de
l'hysique.
Art. Ton-
nerre. tres qui ne le sont pas ; le feu électrique, contenu dans les premiers, se joignant aux exhalaisons sulphureuses, salines & bitumineuses, élevées du sein de la terre, les enflamme aïsément, sur - tout si les vents contraires poussent ces nuages élec- triques contre d'autres non électriques, ce choc donne une infinité de bluettes, & le nuage éclate avec un fracas horri- ble. Parmi les corps électriques, les uns le sont par frotement, les autres par communication ; ceux qui le sont par frotement, ne le sont jamais par com- munication. Les corps électrisables par frotement sont les matieres vitrifiées & résineuses ; ceux qui le sont par com- munication, sont le métaux & les corps vivans. Les corps électriques, de quel- que façon qu'ils le deviennent, perdent toujours leur électricité, par l'attouche- ment de ceux qui peuvent le devenir,

____

(1) Je n'entrerai, ici, dans aucun détail sur la na- ture de l'électricité, cela me jetteroit dans des lon- gueurs qui nuiroient à l'objet que je traite : le lecteur peut consulter à ce sujet les Ouvrages de *M. Nollet.*

mais d'une maniere différente : ces principes posés, je propose mes moyens.

1°. On doit, lorsque la foudre gronde, éviter les métaux, & s'éloigner des corps vivans : ces corps étant électrisables par communication, ainsi que nous ; en s'en approchant on courroit risque d'être frappé du Tonnerre, aulieu qu'en se plaçant sur des corps électrisables par frotement, comme la résine, la soie, les matieres vitrifiées, on échappe au contact de la foudre : de - là vient la précaution qu'on a d'armer les Palais de conducteurs métaliques, isolés sur des supports de résine ou de verre ; on adapte à ces conducteurs des fils d'archal, qui conduisent dans un lieu écarté la matiere électrique, qui est l'ame du Tonnerre, arrêtée par le pain de résine, elle suit la direction du conducteur & du fil d'archal, & s'éloigne sans toucher à l'édifice : l'expérience vient à l'aide de ce que j'avance. Lorsque le Tonnerre tomba, le 7 de Septembre 1775, sur la maison d'un Carrier, à Saintes, après avoir renversé deux enfans, il joignit un fusil, plia la plaque couche, & coula le long du canon, sans l'endommager.

Dans le Journal Politique de Geneve, du 30 Août 1775, n°. 24, art. *Munich*, on rapporte que le 22 Juillet de cette année, « la foudre tomba sur le Presbi- » tere de la Paroisse Dengelsberg, & » s'introduisit dans la maison pastorale, » en prenant sa direction entre la che- » minée & la sonnete ». Les sonnetes se meuvent ordinairement par des fils d'ar- chal, le Tonnerre suit donc la direc- tion des métaux ?

2°. On doit éviter de se mettre sous des arbres, parce que par leurs mouve- mens, ils ouvrent un courant d'air, dans lequel le tonnerre se précipite, l'air étant le véhicule de ce météore ; on doit se donner de garde de courir lorsqu'il tombe, la prudence exige même qu'on retienne son haleine, de peur d'être étouffé par la trop grande dilatation de l'air. On doit aussi ouvrir une partie de ses appartemens, afin de laisser une issue à la foudre, au cas qu'elle y pénétre ; je sais que je propose un moyen qui trouvera bien des contradicteurs ; mais je le mets moi-même en pratique, & c'étoit le seul qui eût pu rappeller à la vie un des fils du Carrier, qu'on dit avoir été frappé de la foudre : pour moi je fuis fermement convaincu, d'aprèsle rapport de la mere, qu'il eft mort étouffé; le Tonnerre étant entré par la cheminée, frappa l'aîné, qui mourut une heure après, le pere, la mere & le refte de cette famille infortunée, alloient fubir le même fort, lorfqu'un enfant du voifinage, effrayé, ouvrit la porte avec précipitation, & donna entrée à l'air extérieur, ce qui les rappella tous à la vie. On ne peut attribuer la mort du cadet qu'à la fuffocation, l'air étant confidérablement dilaté par le feu du Tonnerre, perdit fon reffort, les véficules du poumon s'affaifferent fur elles-mêmes.

3°. On doit s'approcher des corps réfineux, des matieres vitrifiées & des foiries, parce que ces corps font électrifables par frotement. Un Académicien Allemand a propofé, il y a plufieurs années, une machine fufpendue par quatre cordons de foie, fur laquelle on n'auroit rien à craindre des effets du Tonnerre ; plufieurs perfonnes s'imaginent que plus le Tonnerre fait de bruit, plus il eft à craindre, c'eft ce qui fait que les grands coups les accablent ; cette erreur

[49]

se dissipera aisément, lorsqu'on saura que c'est alors que le Tonnerre est plus gêné dans la nue, & que lorsqu'il tombe il ne fait pas autant de bruit.

D'ailleurs, on doit être tranquille dès qu'on voit l'éclair, on est sûr alors que le Tonnerre n'est pas tombé ; quelque violent que soit le coup, il ne doit pas effrayer, lorsque la foudre sort de la nuée le coup précéde ordinairement l'éclair ; on a vu des malheureux frappés avant que le bruit se fût fait entendre, c'est une expérience dont il n'est pas permis de douter. Tous les Canoniers vous diront qu'ils voient sortir le boulet du canon avant que d'en entendre le bruit.

Il me reste à expliquer les phénomenes proposés par l'Auteur qui a rapporté l'accident arrivé à Saintes. *Un chien qui n'a cessé de heurler* (est-ce que les animaux sont exempts de frayeur) ? *le pied d'un enfant légerement meurtri, un autre qui n'a rien souffert*, pur effet du hasard ; *la maison de ce particulier peu élevée.* Cette maison, il est vrai, est peu élevée par elle même, mais elle est assise sur un lieu très-élevé, au niveau de la Citadelle, qui étoit la demeure des anciens Comtes de Sain-

D

tonge , & qui avoit auparavant servi de Capitole aux Romains. *Le soulier du pere resté dans son entier , & le pied sans blessure.* Il y a apparence que le feu électrique , joint à une exhalaison légere, n'a agi que contre un corps qui n'avoit pas les pores assez ouverts pour lui donner un passage ; c'est par ce méchanisme qu'on explique comment le Tonnerre a fondu une lame d'épée sans en endommager le foureau.

Voilà les moyens que je propose , ils sont fondés sur les loix de la saine physique : trop heureux si je puis dissiper les allarmes d'un peuple timide , je suis payé de mes soins , j'ai été utile à l'humanité ; la qualité d'homme , & d'homme sensible , m'honore plus à mes propres yeux , que le titre aride d'homme de Lettres , je ne veux point d'autre récompense , je la trouve dans mon cœur.

NOTICE en forme de Dissertation, des Antiquités nouvellement découvertes à Saintes.

CEtte Notice est tirée d'un Ouvrage sur les antiquités de Saintonge, que je vais bientôt mettre au jour, & c'est en quelque sorte pour sonder le goût du public, que je la place dans ce Recueil de Pieces fugitives, faites sans prétention, & destinées pour la société ; J'entre en matiere.

Il est peu de Ville dans les Gaules, (si l'on en excepte Nîmes,) où les monumens de la grandeur Romaine soient plus communs qu'à Saintes ; on trouve encore, tant dans son enceinte qu'aux environs, un Arc en entier, quoique très-carié, & considérablement altéré par l'air ; les vestiges d'un Capitole, un Amphithéatre, un Hypogée, des voutes d'Aqueduc, des Réservoirs, des Puits, des ruines de plusieurs Temples, des Camps, des Tertres, des Piles, des murs Romains, des Fragmens d'Architecture, des Vases & une grande quantité de Médailles de tous les modules, & de tous les métaux.

ARTICLE Ier. On travaille depuis quelque temps à faire une nouvelle place derriere le couvent des Carmelites, on a découvert dans les tranchées & dans les fouilles beaucoup de murs Romains, & des canaux, tant en ciment qu'en briques & en pierres, des débris d'une maison incendiée, & des restes d'ossemens à demi-brûlés, plusieurs fûts de colonnes & chapitaux ; trois fragmens de frise dorique, dont l'un est décoré d'une tête de bœuf, & les autres d'un disque & d'une rosette ; une corniche de marbre blanc, beaucoup de morceaux de marbre enrichis de moulures & de feuillages, & une pierre sépulcrale de cinq pieds de longueur, sur laquelle on lit TESTAMENTO, les lettres qui forment ce mot ont huit pouces de hauteur ; (*Testamento*) annonce un monument fait par ordre du mort ; ces formules d'inscriptions où le mort ordonne par son testament qu'on lui fasse bâtir un tombeau ne sont pas rares dans le Recueil de Gruter & de Muratori. On a trouvé aussi dans les ruines une Fibule, un Cachet & une Bague , avec beaucoup de Médailles. La Fibule, *Fibula* , étoit une espece d'agrafe qui servoit à attacher les habits ; celle-ci est circulaire, comme un anneau, on y remarque quatre têtes de serpens opposées deux à deux : elle est dans mon cabinet ; le Cachet, *Sigillum* , dont je suis aussi propriétaire, est très-petit , on y voit un oiseau avec les aîles éployées , & quelques traces de lettres à l'entour ; la Bague , dont le chaton & l'anneau sont très-grossiers, n'a point de lettres ni de figures , ce qui feroit soupçonner qu'elle est de la plus haute antiquité ; elle appartient à M. Querquy.

Je ne dois pas oublier une Citerne nouvellement découverte au fauxbourg de Saint-Maçoul , de laquelle on a tiré un vase de terre cuite , de la forme la plus élégante , & de la plus parfaite conservation, & des fragmens de briques , décorés de feuilles de palmier , avec des figures grotesques , qu'on ne sauroit placer ni parmi les têtes humaines , ni parmi celles des animaux. Sur deux de ces fragmens on voit ces lettres : ᴇʀONT ᴊꜰC, que Mᵉ. Charrier lit ainsi, icon 10 , & qu'il prétend devoir fignifier *la dixieme image* , (en chiffres Arabes ;) il s'appuie de l'autorité de l'hiftoire Ecclé-fiaftique , & foutient que cette brique , fur laquelle fon imagination exaltée lui fait voir *icon 10* , étoit une de ces images de terre , placée dans les Eglifes , avec des chiffres indicatifs ; ces images repréfen-toient les fideles défunts , & le même chiffre , placé fur un regiftre , indiquoit les prieres qu'on leur devoit ; à l'un une Meffe , à l'autre un *De profundis*, un *libera*. J'accorde volontiers à M. Charrier qu'on plaçât dans les Temples , du temps de la primitive Eglife , des images avec des chiffres ; je ne difcuterai point avec lui fi elles étoient de marbre , de terre , de bois ou de métal ; mais je foutiens à no-tre Antiquaire , que lorfque ce céré-monial étoit en pratique , les Chiffres Arabes (1) n'étoient pas connus des

---

(1) Les Arabes avouent qu'ils ont reçu les caracteres numériques des Indiens , & ils les appellent *Figures Indiennes*. M. *Huet* eft perfuadé que les Chiffres Ara-bes ont été formés fur les lettres & qu'ils ne font même autre chofe que les lettres Grecques , formées trop vite , & avec négligence ; mais *Valla* croit , avec plus de raifon , qu'ils ont été inventés par les Peuples Orientaux.

Chrétiens ; puisque on croit que Planude, qui vivoit sur la fin du treizieme siecle, est le premier d'entr'eux qui en eût fait usage. Alphonse X, Roi de Castille, s'en étoit servi avant lui, pour construire ses tables astronomiques ; d'autres placent l'époque de l'introduction des chiffres Arabes en Europe, entre le septieme & huitieme siecle. M. Charrier me dira-t-il que sa brique est de ce temps-là ? (ce qui affoibliroit considérablement son antiquité :) je lui ferai voir que les lettres qui y sont gravées ne peuvent appartenir à ces siecles, où on ne trouve plus de caracteres Romains sur les monumens & monnoies, ou du moins si défigurés, qu'ils ont l'air d'une écriture runique, ou gothique ; d'ailleurs, on ne lit point *icon* 10 sur le fragment de brique que possede M. Charrier, à peine y voit-on les lettres O & N, le reste n'offrant que des traits informes ; celle que j'ai, qui est la même pour le feuillage & pour la figure grotesque, ne présente que ces lettres, *eront isc*, que je n'oserois expliquer, dans la crainte de donner dans des erreurs. Quant à la brique en elle-même, je crois qu'elle terminoit la fa-

Diction-naire de Trévoux, Art. chif-fre.

çade d'une très-petite fontaine domesti-que , plusieurs raisons m'autorisent à le croire ; la citerne d'où elle a été tirée, que le même Antiquaire croit être un tombeau , contre l'opinion de tout le monde; quelques traces d'un dur ciment, qui se trouvent au bas de la brique, sa partie postérieure , qui , quoiqu'à demi brisée, paroît avoir été *concavo-convexe* (1) , tout annonce qu'elle est le fragment d'un vase à conserver de l'eau ; les lettres qui se trouvent au bas, sont peut-être une suite du nom du pro-priétaire ; on sait que les Romains avoient coutume de mettre leurs noms sur des vases & autres ustensiles ; on voit un nom propre sur une clef de fontaine du cabinet de Sainte Genevieve ; celui de l'Empereur Vespasien sur un conge , & celui de deux Consuls sur un tuyau, dont parle le P. Montfaucon dans l'an-tiquité expliquée.

ART. II. On a trouvé , dans les en-virons d'un hypogée situé près l'am-phithéatre , trois vases antiques , dont

____

(1) Je hasarde ce terme , parce que je le crois très propre à rendre par un seul mot la figure de la brique.

je suis propriétaire ; un relief de mabre blanc, & un fragment de vase en bronze, qui représente un cupidon nud , tenant une patere d'une main , & une pique ou fleche de l'autre ; les vases ont été tirés d'un puits très-profond , ce sont deux préféricules en terre cuite , & un *urnula fictilis*. Les deux premiers ont neuf pouces de hauteur , & l'autre n'en a que cinq , ils servoient à contenir le vin pour les sacrifices , leur simplicité annonce qu'ils appartenoient à des gens du commun. On voit au cabinet de l'Abbaye de Sainte Genevieve à Paris , & dans l'Ouvrage du Pere Montfaucon , des préféricules de la forme des miens , ce qui fait croire qu'on en faisoit de toutes les matieres , plus ou moins enrichis d'ornemens. Le relief de marbre blanc est acéphale (1) , il peut avoir quinze pouces de hauteur , il représente une femme qui a la main gauche placée sur la poitrine , le bras droit est cassé au-dessus du coude , mais on juge par sa situation qu'il devoit être élevé ; l'habillement de la femme consiste dans une tunique & un man-

Supplé-
ment Ant.
expliq.
tome 2,
planche
XVI.

---

(1) Sans tête.

[58]

teau (1) *palla*, qui lui tombe des épaules
jufqu'à la ceinture, ce relief a toute la
faillie d'une ftatue ; au refte il feroit très-
difficile de dire quelle eft la femme qu'il
repréfente, la tête & le bras font muti-
lés, & peut-être avoient-ils quelque mar-
que diftinctive, qui auroit pu la faire
connoître.

Art. III *Petite Statue de bronze.* Cette
ftatue a été trouvée dernierement dans
un jardin du fauxbourg de Saint-Macoul,
avec une médaille d'or de Valentinien,
& deux de Trajan, en grand bronze :
elle a trente-trois lignes de hauteur, y
compris fa bafe, & repréfente un Utriculaire (2), revêtu d'une tunique fort
courte, ouverte fur le devant, & pliffée

---

(1) *Palla* ou *Pallium*, étoit une efpece d'habillement que les femmes portoient fur la ftole & la tunique ; c'étoit, felon *Nonnius-Marcellus*, l'habillement
diftinctif des Matrones & des femmes de qualité. Le
Palliolum étoit un manteau beaucoup plus petit.

Diction.
abrégé des
Antiquit. (2) Les Utriculaires étoient chez les Latins des
joüeurs d'inftrumens, faits de peau, à peu près de la
forme d'un outre, & qui paroiffent avoir été la même
chofe que notre cornemufe ; il ne faut pas confondre
ces joüeurs d'inftrumens avec d'autres Utriculaires, qui
étoient des efpeces de Mariniers, qui fe fervoient
d'outres au lieu de batteaux, pour paffer les rivieres.

par derriere, le reste de son habillement consiste dans des anaxirydes ou braies (1), & dans un bonnet Phrygien, dont le bout est recourbé en avant ; à son côté gauche pend un *Parazonium*, espece de poignard fort court, par derriere un petit cor de berger, *Buccina*, passé dans sa ceinture, & sur le devant une pannetiere, *Pannariolum* ; le joueur de musette tient son instrument du côté droit, & paroît être dans cet instant de repos, où il prend haleine ; il est appuyé par derriere sur une petite colonne renversée, dont le chapiteau se confond dans le piedestal de la statue ; j'aurois beaucoup de penchant à croire que cet Utriculaire représente Atis, ministre de la mere des Dieux. Le Pere Montfaucon donne plusieurs desseins d'Atis, avec les braies & le bonnet Phrygien, qui est l'attribut caractéristique de ce demi-Dieu. On sait que le culte de Cibelle étoit répandu par-tout, il amenoit naturellement à sa

Antiquit. expliq. tome 2, partie I.

---

(1) Les Braies, *Braccæ*, étoient un espece de haut-de-chausse ou calçon, dont se servoient les peuples de la Gaule Narbonnaise, les Sarmates, les Scythes & les Médes.

ſuite celui de ſon favori ; l'Empereur Julien lui rendoit un hommage religieux, & l'appelloit par excellence le grand Dieu Atis : quoi qu'il en ſoit, cette ſtatue eſt peut-être une des plus rares & des plus curieuſes que nous aient laiſſé les Romains. Le Pere Montfaucon, dans l'article des inſtrumens des Anciens, parle de la muſette, l'appelle *Libia utricularis*. Suetone en fait auſſi mention, lorſqu'il dit que Néron avoit fait vœu, ſur la fin de ſa vie, de produire en public un Utriculaire (1). On auroit donc tort de conteſter l'antiquité de cette ſtatue, quoiqu'elle ſoit mal deſſinée, & qu'elle ne ſoit pas même finie, elle porte le caractere de l'antiquité ; le mauvais goût qu'on y remarque me la feroit rapporter au ſiecle de Julien, temps où les beaux arts touchoient de près à leur décadence, & ſembloient rentrer dans la barbarie. Ce Prince, qui vouloit faire

Suplem.
à l'Antiq.
expliq.
tome III.
planch. 73

---

(1) *Sub exitu quidem vitæ palam voverat, ſi ſibi incolimus ſtatus permanſiſſet, proditurum ſe parta victoria, ludis etiam hydraulam, coraulam & utricularium.*

Les Grecs employoient, à la place du mot *utricularium*, celui d'*aſcaules*, dont Martial s'eſt auſſi ſervi. *Et concupiſcat eſſe canus aſcaules.*

refleurir le Paganifme , profcrit & fou-
droyé par Conftantin , cherchoit à répandre dans les Gaules le culte d'Atis;
fi cette conjecture n'eft pas vraie , elle
ne choque pas du moins les regles de
la vraifemblance.

ART. IV. On a découvert , il y a deux
ans , dans la petite Isle de Courcoury (1),
une tête de marbre blanc , dont j'ai fait
l'acquifition ; elle a douze pouces fix
lignes de hauteur , c'eft un morceau du
premier ordre , affez bien confervé , à
l'exception du nez , qui eft un peu mu-
tilé ; on y remarque beaucoup d'expref-
fion , de la correction dans le deffein ,
& des contours gracieux ; les cheveux
font partagés fur le devant de la tête,
ce qui m'autorife à croire qu'elle repréfente une femme mariée , parce qu'on les
reconnoiffoit à la raie que laiffoient fur
la tête ces cheveux ainfi féparés ; les
femmes avoient deux fortes d'aiguilles,
l'une pour arranger leurs cheveux , &
l'autre pour broder leurs habits ; celle

---

(1) Cette Isle , qui eft à une lieue de Saintes , eft
formée par le confluent des rivieres de Seugne & de
Charente.

qui fervoit aux cheveux s'appelloit *Dif‑criminalis* , felon St. Jérome. Claudien Epitha‑am. l'appelle fimplement *ACUS ipfa caput diftinguit acu*, Tertulien rapporte que les femmes tournoient leurs cheveux à droite , & fe fervoient pour cela d'une aiguille qu'elles manioient délicatement pour les agencer. Les cheveux de derriere font noués par une double treffe , & leurs pointes fortent fur les côtés pour former des boucles qui reffemblent à des rofes ; les oreilles font prefqu'entiérement découvertes , & le vifage eft un peu tourné fur la droite. On trouve dans l'Antiquité expliquée beaucoup de ftatues de femmes avec leurs cheveux partagés fur la tête , & quelques-unes furtout de Crifpine , femme de Commode, qui paraiffent avoir de l'analogie avec celle dont je viens de parler ; cette raifon ne me paroît cependant pas fuffifante pour affurer qu'elle foit de Crifpine (1) :

---

(1) Quoiqu'on ne puiffe décider de quelle date eft ce morceau de fculpture, j'oferois prefque affurer qu'il eft du haut Empire : je me fonde en cela fur la beauté du deffein , & le goût de la coëffure , qui eft tout-à-fait étranger à celui de ces temps , où la décadence des Arts , fuivit de près celle des armes.

je me contente d'admirer un morceau, qui réunit à la richesse de la composition le mérite de la haute antiquité, sans me perdre dans des conjectures qui laisseroient du vuide dans l'esprit de mes lecteurs.

ART. V. *Pierres précieuses gravées.* La premiere dont je vais parler est un *Lapis* de forme élliptique, gravé en creux, & ayant quatorze lignes dans sa longueur; il représente un Prêtre qui sacrifie sur un autel ardent; le Ministre des Dieux revêtu de la toge, dont le pan retroussé lui couvre une partie de la tête, tient de la main droite une patere élevée sur l'autel, & de la gauche une espece de rouleau, qui ressemble assez au bâton de commandement des Empereurs; derriere l'Autel est un olivier, symbole de la paix : cette gravure est d'un dessein précis & étudié, la draperie est jettée avec art, l'air de tête est bien saisi, & peint le recueillement religieux d'un Prêtre occupé des mysteres sacrés ; on y remarque un trit léger dans les contours, (preuve incontestable de son antiquité ;) cette partie est même un peu convexe, ce qui fait qu'on en tire difficilement l'empreinte en cire ; ce beau Lapis fe trouve à Rochefort dans le cabinet de Mde. Lejai, qui réunit à la pratique des vertus fociales, le goût des fciences & des arts.

La feconde eft un *Camée* (1) d'agathe, dont je fuis propriétaire ; on y voit un bufte de femme, revêtu d'une partie de *palliolum*, petit manteau, les cheveux font relevés & entremêlés de fleurs de *nymphea* ou *lotus*, ce qui a fait croire à quelques Antiquaires, & furtout à M. Dennery, que cette tête étoit celle d'une femme Egyptienne ; le graveur ancien s'eft fervi habilement des différentes couches colorifées de l'agathe ; de la premiere, qui eft d'un rouge clair, il a fait le fond ; la feconde, qui eft blanchâtre, lui a fervi pour les chairs, & la troifieme, qui eft d'un jaune approchant de l'aurore, lui a fervi pour les cheveux & la draperie.

L'art de faire les Camées fut très-floriffant chez les Anciens, de même que celui de graver en creux fur des pierres précieufes ; on foupçonne que
les

---

(1) Les Camées font des pierres précieufes, gravées en relief.

les Égyptiens en avoient la connoiſſance : cette conjecture eſt d'autant plus vrai-ſemblable, que les caracteres Hyérogli-phiques, que l'on voit encore aujour-d'hui ſur les Obéliſques de Rome, ſont gravés en creux, avec la plus grande propreté, ſur le Granit, qui eſt une ſorte de pierre prodigieuſement dure ; les plus belles pierres gravées nous viennent des Grecs. On diſtingue avantageuſement cel-les qui ont été travaillées par Théodore de Samos, Pyrgothéles, qui vivoit du temps d'Alexandre, Solon, Polyctete, Cronius, Appolonides & Dioſcorides, qui gravoient leurs noms au bas de leurs ouvrages.

La troiſieme n'eſt point une pierre gravée, c'eſt une Moſaïque du module du moyen bronze, pour le fond & pour le relief de la tête ; ſur le fond, qui eſt d'une eſpece d'écaille, s'éleve une tête de Néron jeune, formée par l'aſſemblage de pierres précieuſes très-petites, la ban-delette qui ceint la tête du Prince eſt de grenat, les autres pierres ſont des éme-raudes, perles, hyacinthes, &c. Ce qui rend cette Moſaïque rare, c'eſt ſon re-lief, joint à ſon antiquité ; preſque tou-

Mercure de France, Octobre 1777.

tes celles qui font connues font pla-
nes , excepté la fameufe Mofaïque du
cabinet de Sainte Genevieve , qui a toute
la faillie d'un bas relief ordinaire , & fur
laquelle on voit Antinoüs , Mignon
d'Adrien ; le jeune homme eft repréfenté
en Victimaire , à demi nud , il tient une
Patere à la main , à côté de lui eft un
bélier deftiné pour le facrifice.

Quelques perfonnes ont voulu jetter
des doutes fur l'antiquité de la Mofaïque
repréfentant Néron , qui fe trouve dans
le cabinet de Madame Lejay : mais cette
piece a le caractere invariable de l'antiquité , qui n'eft fouvent faifi que par les
vrais connoiffeurs.

ART. VI. *Médaillon* (1). La découverte que j'annonce n'eft point à propre-
ment parler une découverte antique : je
ne la place ici que pour prémunir les
jeunes Antiquaires contre l'impofture
des Graveurs. Il s'agit d'une difcuffion
élevée parmi les Curieux de Saintes , au
fujet d'un grand Médaillon attribué à
Augufte , & trouvé du côté de Cognac ;
cette piece partage les fentimens , &

---

(1) *Nimium ne crede colori.* Virg. Eglog.

donne l'effor aux plus hardies conjectures ; les uns , comme celui à qui elle
appartient , prétendent qu'elle eft vrai-
ment antique , ils apportent plufieurs
raifons pour le prouver ; une efpece de
vernis que le Médaillon conferve , fon
poids , qui annonce qu'il a été frappé
& non fondu ; enfin , la beauté de la
gravure leur paroiffent des preuves aux-
quelles on ne peut réfifter ; les autres , du
nombre defquels je fuis , foutiennent que
le Médaillon eft factice , & que ce n'eft
tout au plus qu'une copie de l'antique ,
affez bonne quant à la gravure , mais
très-défectueufe , eu égard à la légende.
On y voit d'un côté , un bufte d'Empereur avec le paludament ou chlamyde
militaire , & la couronne civique fur la
tête ; on lit autour : *Cæfar Imperator Pont.*
P P P. E , *femper Auguftus vir.* Le revers
repréfente la Concorde , figurée par un
homme & une femme , dont l'un tient le
caducée , & l'autre une corne d'abondan-
ce , légende : *Concordia Aug.* & dans
l'exergue *s. c.* Les raifons qu'apportent
nos Adverfaires pour prouver l'antiquité
de la piece me paroiffent bien foibles , le
vernis dont ils croient pouvoir tirer un

fi grand avantage, eft la couleur natu-
relle qu'acquiert le cuivre au bout de
quarante ou cinquante ans : au refte, le
poids d'une Médaille contrefaite & fon-
due pourroit égaler celui d'un original
frappé, foit en employant pour la copie
une matiere plus pefante, foit en ne lui
donnant pas l'épaiffeur de l'original. Il
faut fe défier de l'impofture des Graveurs;
& la fourberie du Padouan & du Par-
méfan (1) doit donner bien de la retenue aux amateurs de l'antiquité.

Plufieurs autres raifons infirment le
fentiment de nos Adverfaires. 1°. Le
module infolite du Médaillon, qui
excede du double, tant pour la faillie
de la tête que pour la grandeur, tous les
Médaillons antiques, Grecs ou Romains.
2°. Le défaut de reffemblance de tête,
non feulement avec celles de Jules-Céfar
& d'Augufte, mais encore avec celles des
douze premiers Empereurs. 3°. La coupe
des lettres, qui eft moderne. 4°. Le S. c.
qui ne fe trouve jamais fur les Médaillons

____

(1) Ce font deux fameux Graveurs d'Italie, l'un
de Parme & l'autre de Padoue, qui ont répandu de
fauffes Médailles dans toute l'Europe ; les coins dont
ils fe font fervis pour les frapper fe voient au cabinet
de l'Abbaye de Sainte Genevieve.

avant Trajan-Déce. 50. Le revers du Médaillon, qui eſt très - commun & mul-
tiplié à l'infini ſur les Médailles Impé-
riales ; d'ailleurs, on ne remarque point
dans la légende l'élegance latine & l'é-
nergique préciſion du ſtyle numiſmati-
que, ces mots *ſemper Auguſtus vir*, ne
ſe trouvent jamais employés ſur les lé-
gendes des Médailles, dont la formule
eſt toujours uniforme, à l'exception
des titres de *Cenſor perpetuus*, dans Do-
mitien ; de *Britannicus*, *Germanicus*,
Adiabenicus, *Dacicus*, *Parthicus*, *Armenia-
cus*, *Maximus*, &c. dans d'autres. Les PPP
unis, qu'on trouve après le mot *Pontifex*,
ne ſont point non plus uſités : on ne
peut les rendre que par *Pontifiex perpetuus Pater patriæ*, ce qui n'eſt pas ſi ordinaire que *Pontifex maximus*, *& cenſor
perpetuus*. Quant à la couronne civique
dont la tête eſt décorée, elle s'accordoit
à ceux qui avoient ſauvé la vie à un
Citoyen, & la légende du revers de-
vroit y avoir rapport, comme ſur pluſieurs Médailles, au revers deſquelles
on voit : *Ob cives ſervatos*, ou *Civib. ſer-
vatis*, au milieu d'une couronne de
chêne. La Concorde, qui ſe trouve ſur

le revers du Médaillon, me fait encore douter de son antiquité : cette Divinité se voit souvent sur les Médailles, & jamais sur les Médaillons, qui étoient frappés pour des événemens mémorables & extraordinaires : or, qu'a donc de mémorable la Concorde seule avec des attributs généraux ? Me dira-t-on que c'est en mémoire de la reconciliation d'Auguste avec Lépide & Marc-Antoine ? alors cette Concorde auroit eu un caractere particulier ; car, *Concordia Aug.* peut également signifier *Concordia Augusti*, & *Concordia Augusta*. Ces raisons réunies ont presque la force d'une démonstration, sur-tout lorsqu'elles s'accordent avec les sentimens de plusieurs Savans, qui se sont élevés contre le Médaillon, après en avoir vu une empreinte fidelle ; tels que M. Leverd (1), Garde des Médailles du cabinet de Sainte Genevieve & M. Denery ; le savant Abbé Barthelemy,

____

(1) M. Leverd avoit d'abrd eu quelques doutes sur ce Médaillon, parce qu'on lui avoit faussement fait entendre qu'il avoit été trouvé dans les fondemens d'un édifice des Romains : mais lorsqu'il a été instruit de la vérité de la découverte, il a pensé comme les autres.

l'aigle des Antiquaires de l'Europe, a bien voulu auffi me communiquer fon avis dans une lettre qu'il m'a fait l'honneur de m'écrire à ce fujet ; on fait que les décifions de cet illuftre Académicien font des loix en matiere d'antiquité, cependant le Propriétaire de la piece, jugé en dernier reffort, & condamné par le plus refpectable Tribunal de la République des Lettres, en a appellé comme d'abus, & foutient toujours que fon Médaillon eft antique : c'eft le comble de l'opiniâtreté ou de l'aveuglement.

Nota. Le mot de l'Enigme eft le Moulin-à-vent.

9 782329 065113